El Arte de Ser Feliz

Por

Arthur Schopenhauer

Copyright del texto © 2023 Culturea ediciones
Sitio web : http://culturea.fr
Impresión: BOD - Books on Demand (Norderstedt, Alemania)
Correo electrónico : infos@culturea.fr
ISBN :9791041935307
Depósito legal : abril 2023

La sabiduría de la vida como doctrina bien podría ser sinónima de la eudemónica. Debería enseñar a vivir lo más felizmente posible y, en concreto, resolver esta tarea aún bajo dos restricciones: a saber, sin una mentalidad estoica y sin tener un aire de maquiavelismo. La primera, el camino de la renuncia y austeridad no es adecuado, porque la ciencia está calculada para el hombre normal y éste está demasiado cargado de voluntad (vulgo sensualidad) como para querer buscar la felicidad por este camino: la última, el maquiavelismo, es decir, la máxima de alcanzar la felicidad a costa de la felicidad de todos los demás, no es adecuada porque en el hombre corriente no se puede presuponer la inteligencia necesaria para ello.

El ámbito de la eudemonía se situaría, por tanto, entre el del estoicismo y el del maquiavelismo, considerando ambos extremos como caminos aunque más breves a la finalidad, pero sin embargo vedados a ella. Enseña cómo se puede ser lo más feliz posible sin mayores renuncias ni necesidad de vencerse a sí mismo y sin estimar a los otros directamente como simples medios para los propios fines.

A la cabeza estaría la frase de que una felicidad positiva y perfecta es imposible; y que sólo se puede esperar un estado comparativamente menos doloroso. Sin embargo, haber comprendido esto puede contribuir mucho a que seamos partícipes del bienestar que la vida admite. Además, que incluso los medios para ello sólo están muy parcialmente en nuestro poder: τὰ μὲν ἐφ'ἡμῖν [lo que está en nuestro poder].

A continuación se dividiría en dos partes:

1. Reglas para nuestra conducta hacia nosotros mismos.

2. Para nuestra conducta hacia otras personas.

Antes de hacer esta división en dos partes, aún habría que definir con mayor precisión la finalidad, o sea considerar en qué consistiría la felicidad humana designada como posible y qué sería esencial para ella.

En primer lugar: alegría del ánimo, εὐκολία, temperamento feliz. Éste determina la capacidad para el sufrimiento y la alegría.

Lo más próximo a él, la salud del cuerpo, que está en una precisa relación con aquél, para el que es la condición casi inevitable.

Tercero, tranquilidad del espíritu. Πολλῷ τὸ φρονεῖν εὐδαιμονίας πρῶτον ὑπάρχει [«Ser cuerdo es la parte principal de la felicidad», Sófocles, Antígona, 1347-48)]. Ἐν τῷ φρονεῖν γὰρ μηδὲν ἥδιστος βίος [«La vida más grata está en la inconsciencia», Sófocles, Áyax, 550 (554)].

Cuarto, bienes externos: en una medida muy reducida. La división establecida por Epicuro en:

1. bienes naturales y necesarios,

2. naturales y no necesarios,

3. ni naturales ni necesarios.

En las dos partes arriba indicadas sólo se debería enseñar cómo se alcanza todo esto: (Lo mejor lo hace la naturaleza en todas partes: pero en aquello que depende de nosotros). Esto se haría por medio del establecimiento de reglas para la vida: pero éstas no deberían sucederse pêle mêle, sino puestas bajo rúbricas, de las que cada una tendría a su vez sus subdivisiones. Esto es difícil y no conozco ningún trabajo previo al respecto. Por eso, lo mejor es apuntar las reglas de esta clase primero tal como se nos ocurran y rubricarlas después y subordinarlas unas a otras.

Como ensayo:

Regla número 1

<Todos hemos nacido en Arcadia, es decir, entramos en el mundo llenos de aspiraciones a la felicidad y al goce y conservamos la insensata esperanza de realizarlas, hasta que el destino nos atrapa rudamente y nos muestra que nada es nuestro, sino que todo es suyo, puesto que no sólo tiene un derecho indiscutible sobre todas nuestras posesiones, sino además sobre los brazos y las piernas, los ojos y las orejas, hasta sobre la nariz en medio de la cara. Luego viene la experiencia y nos enseña que la felicidad y el goce son puras quimeras que nos muestran una ilusión en las lejanías, mientras que el sufrimiento y el dolor son reales, que se manifiestan a sí mismos inmediatamente sin necesitar la ilusión y la esperanza. Si esta enseñanza trae frutos, entonces cesamos de buscar felicidad y goce y sólo procuramos escapar en lo posible al dolor y al sufrimiento. Οὐ τὸ ἡδύ, ἀλλὰ τὸ ἄλυπον διώκει ὁ φρόνιμος [«El prudente no aspira al placer, sino a la ausencia de dolor», Aristóteles, Ética a Nicómaco, VII, 11, 1125b 15]. Reconocemos que lo mejor que se puede encontrar en el mundo es un presente indoloro, tranquilo y soportable: si lo alcanzamos, sabemos apreciarlo y nos guardamos mucho de estropearlo con un anhelo incesante de alegrías imaginarias o con angustiadas preocupaciones cara a un futuro siempre incierto que, por mucho que luchemos, no deja de estar en manos del destino.> Acerca de ello: ¿por qué habría de ser necio procurar en todo momento que se disfrute en lo posible del presente como lo único seguro, puesto que toda la vida no es más que un trozo algo más largo del presente y como tal totalmente pasajera? Acerca de ello número 14.

Regla número 2

Evitar la envidia: numquam felix eris, dum te torquebit felicior [«Nunca serás feliz si te atormenta que algún otro es más feliz que tú», Séneca, De ira, III, 30, 3]. Cum cogitaveris quot te antecedant, respice quot sequantur [«Cuando piensas cuántos se te adelantan, ten en cuenta cuántos te siguen», Séneca, Epistulae ad Lucilium, 15, 10]. Véase número 27.

<No hay nada más implacable y cruel que la envidia: y sin embargo, ¡nos esforzamos incesante y principalmente en suscitar envidia!>

Regla número 3

Carácter adquirido (página 436 de la obra)

Al lado del carácter inteligible y del empírico, hay que mencionar otro que es diferente de estos dos, el carácter adquirido, al que sólo se consigue en la vida a través del ejercicio en el mundo, y del que se habla cuando se elogia a alguien como hombre con carácter o cuando se critica a alguien por su falta de carácter. Se podría pensar que el carácter empírico, en tanto manifestación del inteligible, por ser invariable y, como todo fenómeno natural, consecuente en sí mismo, también en el ser humano debería mostrarse siempre igual a sí mismo y consecuente, y que no sería necesario que se adquiera artificialmente un carácter por medio de la experiencia y la reflexión. Pero no es así, y aunque siempre somos la misma persona, no siempre nos comprendemos a nosotros mismos en todo momento, sino que nos equivocamos con respecto a nosotros mismos hasta que hemos alcanzado en cierto grado el verdadero conocimiento de nosotros mismos. Siendo un mero impulso natural, el carácter empírico es en sí mismo irracional; es más, sus manifestaciones encima las perturba la razón, y lo hace tanto más cuanto mayor sea la sensatez y fuerza de pensamiento que posea una persona. Porque éstas siempre le muestran lo que le corresponde al ser humano en general en tanto carácter de toda la especie y lo que son las posibilidades de éste a partir de su volición y sus esfuerzos. Debido a este hecho le resulta más difícil comprender lo que él mismo, conforme a su individualidad, quiere y puede dentro de todo el conjunto de posibilidades. Dentro de sí mismo encuentra las predisposiciones para los más diversos esfuerzos y aspiraciones; pero sin experiencia no llega a ver con claridad el grado en que los mismos se encuentran en su individualidad; y aunque se decidiera sólo por las tendencias que son adecuadas a su carácter, no deja de sentir, especialmente en determinados momentos y estados de ánimos, el estímulo para otras totalmente opuestas e irreconciliables con aquéllas, a las que habrá que reprimir del todo si quiere dedicarse a las primeras sin sentirse perturbado. Porque así como nuestro camino físico sobre la Tierra siempre es tan sólo una línea y no una superficie, si queremos asir y poseer una cosa, debemos dejar a diestra y siniestra incontables otras cosas y renunciar a ellas. Cuando no podemos decidirnos a hacerlo, sino que nos sentimos tentados de asir con las manos todo lo que nos apetece al pasar por delante, como los niños en las ferias; entonces se trata de la tendencia errónea de querer extender la línea de nuestra vida a una superficie, pues caminamos en zigzag, deambulamos sin rumbo como fuegos fatuos y no alcanzamos propósito alguno. O, para usar otra parábola, según la doctrina del derecho de Hobbes, en un origen todos tienen derecho a todas las cosas pero a ninguna en exclusividad, pero cada uno puede, sin embargo, obtener un derecho exclusivo a cosas singulares cuando renuncia a su derecho a todas las demás cosas, al tiempo que los otros hacen lo mismo con respecto a lo que cada uno ha elegido como suyo; justamente así ocurre en la vida, donde sólo podemos alcanzar con seriedad y fortuna un único propósito, trátese del placer, del honor, la riqueza, la ciencia, el arte o la virtud, si abandonamos todas las exigencias que le son ajenas, si renunciamos a todo lo demás. Por eso el mero querer, y también poder, por sí mismos aún no bastan, sino que un hombre también debe saber lo que quiere, y debe saber lo que puede hacer. Sólo así dará pruebas de su carácter, y sólo entonces puede realizar algo con logro. Antes de haber llegado a ese extremo, con indiferencia de las consecuencias naturales de su carácter empírico, de hecho no tiene carácter y aunque en conjunto debe ser fiel a sí mismo y recorrer su camino, es arrastrado por su demonio. Así, no seguirá una trayectoria perfectamente recta, sino una línea temblorosa y desigual, vacilará, se desviará, volverá atrás, se causará a sí mismo arrepentimientos y dolor. Todo esto le pasa porque en las cosas grandes y pequeñas tiene ante los ojos todo cuanto es posible y alcanzable al ser humano, pero sin saber cuál de todas esas opciones es para él la única apropiada y realizable e incluso la única que puede disfrutar. Por eso envidiará a más de uno por su situación y circunstancias, cuando éstas sólo son apropiadas para el carácter de esos otros y no para el suyo, y en las que se sentiría infeliz y ni siquiera las soportaría. Pues tal como el pez sólo se siente bien en el agua, el pájaro en el aire y el topo debajo de la tierra, así todo ser humano sólo se siente bien en el ambiente que le es apropiado; por ejemplo, el aire de la corte no es respirable para cualquiera. Por carecer de la comprensión suficiente de todo ello, algunos fracasarán en diversos intentos, en ciertos aspectos forzarán su carácter propio sin poder dejar de serle fiel en conjunto; y lo que alcanzan así con muchos esfuerzos contra su naturaleza no les dará placer alguno; lo que aprenden de este modo permanecerá inerte, e incluso desde el punto de vista ético, una acción demasiado noble para su carácter, surgida no de un impulso puro e inmediato, sino a partir de un concepto o dogma, perderá todo su mérito también a sus propios ojos por el arrepentimiento egoísta que sentirá después. Velle non discitur [«El querer no se puede aprender», Séneca, Epistulae ad Lucilium, 81, 14]. Sólo la experiencia nos enseña cuán inquebrantable es el carácter ajeno, y antes de aprenderlo creemos puerilmente que nuestros argumentos razonables, nuestros ruegos y súplicas, nuestro ejemplo y nuestra generosidad pueden llevar a alguien a abandonar su manera de ser, cambiar su forma de actuar, distanciarse de su modo de pensar o incluso ampliar sus capacidades; y lo mismo nos ocurre con nosotros mismos. Debemos aprender a partir de la experiencia qué es lo que queremos y de qué somos capaces. Anteriormente no lo sabemos, carecemos de carácter y a menudo debemos sufrir duros golpes que, desde fuera, nos fuerzan a volver a nuestro propio camino. Pero cuando finalmente lo hemos aprendido, entonces hemos conseguido lo que la gente llama carácter, es decir, el carácter adquirido. Según lo dicho no es otra cosa que un conocimiento lo más completo posible de la propia individualidad: es el conocimiento abstracto y por tanto preciso de las propiedades inamovibles del propio carácter empírico y de la medida y la tendencia de las propias capacidades mentales y físicas, o sea, del conjunto de capacidades y deficiencias de la propia individualidad. Esto nos pone en condiciones de desarrollar entonces de manera serena y metódica el papel que desempeña la propia persona. Ésta, en sí misma, era invariable y antes la hemos dejado crecer de manera natural sin regla, pero, siguiendo conceptos firmes, podemos llenar las lagunas que el capricho o las flaquezas han causado en ella. Nuestra manera de actuar, de por sí ineludible a causa de nuestra naturaleza individual, ahora la hemos orientado según principios claramente conscientes a los que tenemos siempre presentes, de modo que la desenvolvemos tan pensadamente como si la hubiésemos aprendido, sin dejarnos confundir por la influencia pasajera de un estado de ánimo o la impresión del momento, sin sentirnos inhibidos por la amargura o la dulzura de un hecho singular que encontramos en nuestro camino, sin titubeos, vacilaciones ni gestos inconsecuentes. Ya no actuaremos como principiantes que ponderan, intentan, tantean, para ver lo que realmente quieren o pueden hacer; sino que lo sabemos de una vez por todas, de modo que, en cualquier elección, sólo hemos de aplicar proposiciones generales a casos particulares y llegamos pronto a la decisión. Conocemos nuestra voluntad en general y no nos dejamos seducir por estados de ánimo o sugerencias externas a decidir en lo particular lo que en conjunto es contrario a aquélla. También conocemos la índole y la dimensión de nuestras capacidades y deficiencias, lo cual nos ahorrará muchos pesares. En efecto, no hay realmente otra manera de disfrutar que no sea el uso y la sensación de las propias fuerzas, y el mayor dolor nos causa la percepción de la carencia de fuerzas donde las necesitaríamos. Una vez que hemos averiguado dónde están nuestras capacidades e insuficiencias, cultivaremos nuestras disposiciones naturales sobresalientes para usarlas y aprovecharlas de todas las maneras posibles, y nos encaminaremos siempre en aquella dirección donde son útiles y válidas, mientras que evitaremos por completo, venciendo nuestros impulsos, a los propósitos para los que por naturaleza tenemos poco talento. Nos cuidaremos de intentar hacer lo que de todos modos no logramos. Sólo quien ha conseguido esto será siempre con plena conciencia y del todo él mismo, y nunca se sentirá abandonado por sus fuerzas, puesto que siempre sabe lo que puede exigirse a sí mismo. Así, tendrá a menudo la alegría de experimentar sus capacidades y raras veces el dolor de tener que recordar sus deficiencias, lo cual significa una humillación que causa tal vez el mayor dolor al espíritu. Por eso es mucho más fácil encarar claramente el propio infortunio que la propia torpeza. Cuando estamos totalmente familiarizados con nuestras capacidades y deficiencias, ya no intentaremos mostrar puntos fuertes que no tenemos, no jugaremos con moneda falsa, porque estos engaños finalmente fallarán su meta. Dado que todo el ser humano sólo es la manifestación de su voluntad, no puede haber nada más erróneo que, partiendo de la reflexión, pretender ser alguien diferente del que se es, porque esto significa una contradicción directa de la voluntad consigo misma. La imitación de características y peculiaridades ajenas es mucho más vergonzoso que vestir la ropa de otro, porque significa juzgarse a sí mismo como carente de valor. A este respecto, el conocimiento de la propia mentalidad y de todas las clases de capacidades personales y de sus límites variables es el camino más seguro para llegar a estar lo más satisfecho que se pueda de uno mismo. Porque tanto para las circunstancias interiores como para las exteriores es cierto que no hay otro consuelo eficaz que la plena certeza acerca de la necesidad ineludible. Un mal que nos ha afectado no nos atormenta tanto como pensar en las circunstancias que lo podrían haber evitado. Por eso, para tranquilizarnos no hay otro remedio mejor que el de considerar lo sucedido desde el punto de vista de la necesidad, desde el cual todos los accidentes se muestran como obra de un destino imperante, de modo que reconocemos el mal acaecido como inevitablemente producido por el conflicto entre circunstancias interiores y exteriores, o sea como fatalidad. Y, de hecho, sólo seguimos lamentándonos mientras esperamos poder impresionar así a los demás, y seguimos enfurecidos mientras hacemos inusitados esfuerzos para mantenernos excitados. Pero tanto niños como adultos saben conformarse tan pronto que comprenden claramente que las cosas no tienen remedio:

Θυμὸν ἐνὶ στήθεσσι φίλον δαμάσαντες ἀνάγκῃ

(Animo in pectoribus nostro domito necessitate).

[«Dominando con fuerza el rencor guardado en el pecho».

Homero, Ilíada, XVIII, v. 113]

Nos parecemos a los elefantes capturados que durante muchos días siguen enfurecidos y agresivos, hasta que ven que es infructuoso y súbitamente ofrecen serenos su nuca al yugo, quedando domados para siempre. Somos como el rey David quien, mientras vivía su hijo, imploraba a Jehová sin cesar y se mostraba desesperado, pero tan pronto como el hijo murió, dejó de pensar en él. A esto se debe que muchas personas soportan con total indiferencia incontables males persistentes, como la deformidad, la pobreza, el nivel social bajo, la fealdad, un lugar de residencia desagradable, a tal punto que ya ni siquiera los sienten, cual heridas cicatrizadas, simplemente porque saben que nada se escapa a la necesidad interior o exterior que se pueda modificar; los más felices, en cambio, no comprenden cómo algo así puede soportarse. Nada nos reconcilia más firmemente con la necesidad exterior e interior como su conocimiento preciso. Cuando hemos reconocido de una vez por todas nuestros fallos y deficiencias lo mismo que nuestras características buenas y capacidades, y hemos puesto nuestras metas de acuerdo con ellas, conformándonos con el hecho de que ciertas cosas son inalcanzables, entonces evitamos de la manera más segura y en la medida en que nuestra individualidad lo permite el sufrimiento más amargo, que es el descontento con nosotros mismos como consecuencia inevitable del desconocimiento de la propia individualidad, de la falsa presunción y la arrogancia que resulta de ella. Los capítulos amargos de la recomendación del conocimiento de sí mismo se pueden ilustrar excelentemente con este verso de Ovidio:

Optimus ille animi vindex, laedentia pectus

Vincula qui rupit, dedoluitque semel.

[«El mejor libertador de aquel espíritu fue quien rompió las ligaduras

que le ataban el pecho y dejó de sufrir de una vez por todas».

Ovidio, Remedia amoris, vv. 293-294]

Aquí terminamos nuestro comentario sobre el carácter adquirido, que es menos importante para la ética propiamente dicha que para la vida en el mundo social, pero cuya consideración se juntaba, sin embargo, como tercer tipo al lado del carácter inteligible y del empírico, sobre los cuales nos tuvimos que extender en una reflexión algo más detallada para precisar cómo la voluntad, en todas sus manifestaciones, está sometida a la necesidad, al tiempo que en sí misma, no obstante, se la puede calificar como libre e incluso omnipotente.>

Regla número 4

Sobre la relación entre las pretensiones y las posesiones (Anotación a la página 442 de la obra)

<Los bienes que a alguien nunca se le había pasado por la cabeza pretender, no los echa en absoluto de menos, sino que está plenamente

contento sin ellos. Otro, en cambio, que posee cien veces más que aquél, se siente desgraciado porque le falta una cosa que pretende. También a este respecto cada uno tiene su propio horizonte de lo que a él le es posible alcanzar. Hasta donde se extiende, llegan sus pretensiones. Si un objeto cualquiera dentro de este horizonte se le presenta de tal manera que puede confiar en obtenerlo, entonces se siente feliz; en cambio es infeliz si surgen dificultades que le privan de la perspectiva de tenerlo. Lo que se halla fuera del alcance de su vista no ejerce ningún efecto sobre él. Esta es la razón por la cual el pobre no se inquieta por las grandes posesiones de los ricos, y por la que, a su vez, el rico no se consuela con lo mucho que ya posee cuando no se cumplen sus pretensiones. La riqueza es como el agua de mar: cuanto más se beba, más sed se tendrá. Lo mismo vale para la fama. Tras la pérdida de las riquezas o de una situación acomodada, tan pronto como se supera el primer dolor, el estado de ánimo habitual no suele ser muy diferente del anterior, y esto se debe al hecho de que, una vez el destino ha reducido el factor de nuestras posesiones, nosotros mismos reducimos en igual medida el factor de nuestras pretensiones. Esta operación es, ciertamente, lo propiamente doloroso en un caso de infortunio: una vez terminada, el dolor va disminuyendo hasta que finalmente no se lo siente más: la herida cicatriza. A la inversa, en un caso de buena fortuna sube el compresor de nuestras pretensiones y éstas se expanden: esto constituye la alegría. Pero tampoco dura más tiempo del que hace falta para terminar del todo esta operación: nos acostumbramos a la dimensión más extensa de nuestras pretensiones y nos volvemos indiferentes hacia las posesiones correspondientes. Esto ya lo indica el pasaje homérico de la Odisea, XVIII, 130-137, que termina así:

Τοῖος γάρ νόος ἐστὶν ἐπιχθονίων ἀνθρώπων

Οἷον ἐφ' ἡμὰρ ἄγει πατὴρ ἀνδρῶν τε θεῶν τε

[«Pues así es el talante de los humanos que habitan la tierra, como la suerte del día que el padre va mandando a dioses y seres humanos»].

La fuente de nuestro descontento se encuentra en nuestros intentos siempre renovados de subir el nivel del factor de las pretensiones, mientras la inmovilidad del otro factor lo impide.>

Regla número 5

La medida natural e individual del dolor (página 455 de la obra junto con anotaciones sobre la cura praedominans)

<Por cierto que la observación sobre lo inevitable del dolor y sobre la sustitución de una cosa por la otra y el introducir lo nuevo expulsando lo anterior podría llevarnos incluso a la hipótesis paradójica, aunque no

descabellada, de que en todo individuo la naturaleza determina definitivamente la medida del dolor que es característica para él, una medida que no se podría dejar vacía ni tampoco colmar demasiado, por mucho que cambie la forma del sufrimiento. Según esta idea, el sufrimiento y bienestar no vendrían determinados desde fuera, sino precisamente por esa medida o disposición, que podría experimentar algún aumento o disminución según el estado físico y los distintos momentos, pero que en conjunto permanecería igual, siendo simplemente lo que se llama el temperamento de cada uno o, mejor dicho, el grado en que su mente sería más liviana o más grave, como lo expresa Platón en el primer libro de la República, εὔκολος o δύσκολος. Lo que apoya esta hipótesis no sólo es la conocida experiencia de que grandes sufrimientos hacen totalmente imperceptibles a los pequeños y, a la inversa, que en ausencia de grandes sufrimientos incluso las más pequeñas molestias nos atormentan y ponen de mal humor, sino además el hecho de que la experiencia nos enseña que una gran desgracia, que nos hace estremecernos sólo de pensarla, cuando realmente ocurre, tan pronto como hemos superado el primer dolor, en conjunto no altera mucho nuestro estado de ánimo. Y también a la inversa, después de producirse un hecho feliz y largamente esperado no nos sentimos, en conjunto, mucho más a gusto y cómodos que antes. Sólo el instante en que se produce dicho cambio nos conmueve de manera inusitadamente fuerte, sea en forma de un profundo lamento o en la de una exclamación de júbilo. Mas, ambos desaparecen pronto porque se basan en un engaño. No surgen a partir del dolor o del placer inmediatos y actuales, sino debido al anuncio de un futuro nuevo que se anticipa en ellos. Sólo por el hecho de que el dolor o la alegría hacen un préstamo al futuro es posible que sean tan inusualmente grandes y, por tanto, no duraderos. A favor de la hipótesis según la cual tanto en la cognición como en los sentimientos de sufrimiento o bienestar una gran parte estaría determinada subjetivamente y a priori, se pueden alegar todavía como prueba las observaciones de que, al parecer, el ánimo alegre o triste de las personas no está determinado por circunstancias externas, como riqueza o clase social, porque entre los pobres encontramos al menos el mismo número de caras contentas que entre los ricos. Por añadidura, los motivos que llevan al suicidio son muy diversos, de manera que no podemos indicar una desgracia lo bastante grande para que induzca con gran probabilidad a cualquier carácter al suicidio, y hay pocos males pequeños que, por insignificantes que parezcan, no hayan provocado también suicidios. Aunque el grado de nuestra alegría o tristeza no es siempre el mismo, según esta concepción no lo atribuiremos al cambio de circunstancias externas, sino al estado interior, al estado físico. Porque cuando se produce un aumento auténtico de nuestro buen humor, aunque fuera pasajero, incluso llegando al grado de la alegría, esto suele ocurrir sin motivo externo alguno. Es cierto que a menudo entendemos nuestro dolor como consecuencia de un determinado acontecimiento externo y aparentemente sólo es éste el que nos pesa y entristece, de modo que creemos que al desaparecer esta causa, deberíamos sentir la mayor satisfacción. Sin embargo, esto es un engaño. Según nuestra hipótesis, la magnitud de nuestro dolor y bienestar en su conjunto está determinada subjetivamente en cada momento y, en relación a nuestro dolor, cualquier motivo externo de tristeza es tan sólo lo que para el estado físico sería un vejigatorio que concentra todos los humores malignos repartidos en el cuerpo. Si no hubiera una causa externa de sufrimiento, el dolor determinado por nuestro carácter y, por tanto, inevitable durante este período, estaría repartido en mil puntos diferentes y aparecería en forma de mil pequeños disgustos y quejas sobre cosas que pasamos del todo por alto cuando nuestra capacidad para el dolor ya está colmada por un mal principal que ha concentrado todos los demás dolores en un solo punto. Este hecho lo corrobora también la observación de que tras el alivio por un final feliz de una gran preocupación que nos oprimía, pronto aparece otra en su lugar, cuya materia ya estaba presente, pero no podía llegar como tal preocupación a la conciencia, porque a ésta no le sobraba capacidad para ello, de modo que dicha materia de preocupación permanecía des apercibida tan sólo como una figura oscura y nebulosa en el último extremo del horizonte. En cambio, en el momento de disponer nuevamente de espacio, esta materia ya configurada se acerca y ocupa el trono de la preocupación dominante (πρυτανεύουσα) del día. Aunque según su materia pueda ser mucho más ligera que la materia de la preocupación desaparecida, es capaz de inflarse de tal manera que aparentemente se iguala en magnitud a la anterior, llenando así por completo el trono de la preocupación principal del día.

La alegría desmesurada y el dolor intenso siempre se dan en la misma persona, porque ambos se condicionan mutuamente y también están condicionados por una gran vivacidad del espíritu. Como acabamos de ver, no son producto de la pura actualidad, sino de la anticipación del futuro. Pero, dado que el dolor es esencial a la vida y también en cuanto a su grado sólo determinado por la naturaleza del sujeto, de modo que los cambios repentinos, de hecho, no pueden cambiar su grado, por eso el júbilo o el dolor excesivos siempre se basan en un error y una ilusión. En consecuencia ambas tensiones excesivas del estado de ánimo se podrían evitar por medio de la sensatez. Todo júbilo desmesurado (exultatio, insolens laetitia) se basa siempre en la ilusión de haber encontrado algo en la vida que de hecho no se puede hallar en ella, a saber, una satisfacción permanente de los deseos o preocupaciones que nos atormentan y que renacen constantemente. De cada una de estas ilusiones hay que retornar más tarde inevitablemente a la realidad y pagarla, cuando desaparece, con la misma cuantía de amargo dolor que tenía la alegría causada por su aparición. En este sentido se parece bastante a un lugar elevado al que se ha subido y del que sólo se puede bajar dejándose caer. Por eso habría que evitar las ilusiones, pues cualquier dolor excesivo que aparece repentinamente no es más que la caída desde semejante punto elevado, o sea, la desaparición de una ilusión que lo ha producido. Por consiguiente podríamos evitar ambos, si fuéramos capaces de ver las cosas siempre claramente en su conjunto y en su contexto y de cuidarnos de creer que realmente tienen el color con el que desearíamos verlas. La ética estoica se propuso principalmente liberar el ánimo de todas estas ilusiones y sus consecuencias y de dotarlo, en cambio, con una ecuanimidad inalterable. Esta es la convicción que inspira a Horacio en su conocida oda:

Aequam memento rebus in arduis

Servare mentem, non secus in bonis

Ab insolenti temperatam

Laetitia.

[«Recuerda que en tiempos arduos

hay que conservar la ecuanimidad, lo mismo que en buenos

un ánimo que domina prudentemente la alegría excesiva».

Horacio, Carmina, II, 3]

La mayoría de las veces, sin embargo, así como rechazamos una medicina amarga, nos resistimos a aceptar que el sufrimiento es esencial a la vida, de modo que no fluye hacia nosotros desde fuera, sino que cada uno lleva la fuente inagotable del mismo en su propio interior. Al contrario, a modo de un pretexto, siempre buscamos una causa externa y singular para nuestro dolor incesante; tal como el ciudadano libre se construye un ídolo para tener un amo. Porque nos movemos incansablemente de un deseo a otro y, aunque ninguna satisfacción alcanzada, por mucho que prometía, nos acaba de contentar, sino generalmente pronto se presenta como error vergonzoso, no terminamos de admitir que estamos llenando la bota de las Danaídes, sino que corremos detrás de deseos siempre nuevos:

Sed, dum abest quod avemus, id exsusperare videtur

Caetera; post aliud, cuum contingit illud, avemus;

Et sitis aequa tenet vitai semper hiantes.

(Lucr. III, 1095)

[Pues mientras nos falta lo que deseamos, nos parece que supera a todo

en valor; pero cuando fue alcanzado,

se presenta otra cosa, y así siempre estamos presos de la misma sed, nosotros que anhelamos la vida».

Lucrecio, De rerum natura, III, 1095 (=1080-1983)]

Así, o bien el movimiento va al infinito, o bien, cosa más rara que presupone cierta fuerza de carácter, continúa hasta que encontramos un deseo que no se puede cumplir, pero que tampoco se puede abandonar. Entonces tenemos en cierto modo lo que buscamos, a saber, algo que en todo momento podemos acusar, en lugar de nuestro propio carácter, como la fuente de nuestros sufrimientos y que nos hace enemigos de nuestro destino pero que, en cambio, nos reconcilia con nuestra existencia, porque vuelve a alejar de nosotros la necesidad de admitir que el sufrimiento es esencial a esta existencia misma y que la verdadera satisfacción es imposible. La consecuencia de esta última forma de desarrollo es un estado de ánimo algo melancólico, que significa soportar constantemente un gran dolor único y el desprecio resultante de todos los pequeños sufrimientos o alegrías; por lo cual se trata de un fenómeno algo más digno que la constante persecución de ilusiones siempre nuevas, que es mucho más vulgar.>

Regla número 6

Hacer con buena voluntad lo que se puede y tener la voluntad de soportar el sufrimiento inevitable. Ζῶμεν γάρ οὐκ ὡς θέλομεν, ἀλλ' ὡς δυνάμεθα [«Debemos vivir no como queremos, sino como podemos», Gnomici poetae Graeci, Fleischer, Lipsiae, 1817, página 30].

Regla número 7

Reflexionar a fondo sobre una cosa antes de emprenderla, pero, una vez que se ha llevado a cabo y se pueden esperar los resultados, no angustiarse con repetidas consideraciones de los posibles peligros, sino desprenderse del todo del asunto, mantener el cajón del mismo cerrado en el pensamiento y tranquilizarse con la convicción de que en su momento se ha ponderado todo exhaustivamente. Si el resultado, no obstante, llega a ser malo, ello se debe a que todas las cosas están expuestas al azar y al error.

Regla número 8

Limitar el propio ámbito de acción: así se da menos prise al infortunio; la limitación nos hace feliz etc.

Regla número 9

Οὐ τὸ ἡδὺ διώκει ὁ φρόνιμος, ἀλλὰ τὸ ἄλυπον [«El prudente no aspira al placer, sino a la ausencia de dolor», Aristóteles, Ética a Nicómaco, VII, 11, 1152b 15].

Regla número 10

Subjice te rationi si tibi subjicere vis omnia. Sic fere Seneca [«Sométete a la razón si quieres someterlo todo», así aproximadamente Séneca, Epistulae ad Lucilium, 37, 4]. V. núm. 21.

Regla número 11

Una vez que un infortunio se ha producido y no se puede remediar, no permitirse pensar que pudiera ser de otra manera: como el rey David y los elefantes capturados. De otro modo uno se convierte en un ἑαυτοντιμωρούμενον [torturador de sí mismo (Terencio)]. Pero lo inverso tiene la ventaja de que el castigo de sí mismo vuelve a uno más prudente en una próxima ocasión.

Regla número 12

Sobre la confianza (con respecto a la confianza la Epístola 15 de Séneca, como también varias cosas de mi Εἰς ἑαυτόν).

[«Nada será tan provechoso como comportarse de manera no llamativa y hablar muy poco con los demás, pero mucho consigo mismo. Hay una especie de seducción del diálogo, que se introduce secretamente y engatusándonos, y no hace otra cosa que embriagarnos y sacarnos secretos de amor. Nadie callará lo que ha oído, nadie dirá justo aquello que ha oído. Aquel que no puede callar sobre un asunto, tampoco mantendrá silencio sobre su autor. Cada uno tiene alguna persona en la que confía tanto como los otros confían en él: aunque domine sus habladurías y se conforme con el oído de una persona, finalmente informará al pueblo; así, lo que hace un momento era un secreto, estará en boca de todos»].

Regla número 13

Cuando estamos alegres, no debemos pedirnos permiso para ello con la reflexión de si a todas luces tenemos motivo para estarlo. (Véase Quartant [1826], § 108: <No hay nada que tenga una recompensa más segura que la alegría: porque en ella la recompensa y la acción son una misma cosa. [Nota: Quien está alegre, siempre tiene motivo para ello, a saber, justamente el de estar alegre]. Nada hay que pueda sustituir tan perfectamente como la alegría a cualquier otro bien. Cuando alguien es rico, joven, bello y famoso, hay que

preguntarse si además es alegre para enjuiciar su felicidad; mas a la inversa, si es alegre, no importa si es joven, viejo, pobre o rico: es feliz. Por ello debemos abrir todas las puertas a la alegría, cuando sea que llegue. Porque nunca llega a deshora. En cambio, a menudo tenemos reparos en dejarla entrar, porque primero queremos considerar si realmente tenemos motivo para estar alegres o si eso no nos distrae de nuestras reflexiones serias y preocupaciones profundas. Lo que mejoramos con estas últimas es muy incierto, mientras que la alegría es la ganancia más segura; y puesto que sólo tiene valor para el presente, es el bien más elevado para aquellos seres cuya realidad tiene la forma de un presente indivisible entre dos tiempos infinitos. Si es así que la alegría es el bien que puede sustituir a todos los demás, mientras que ningún otro bien la puede sustituir a ella, por consiguiente deberíamos preferir la adquisición de este bien a la de cualquier otra cosa. Ahora bien, es cierto que no hay nada que contribuya menos a la alegría que las circunstancias externas de la fortuna y nada que la favorezca más que la salud. Por eso debemos dar preferencia a ésta ante todo lo demás y, en concreto, procurar conservar un alto grado de perfecta salud, cuya flor es la alegría. Su adquisición requiere evitar todos los excesos, también todas las emociones intensas o desagradables; también todos los grandes y constantes esfuerzos intelectuales, finalmente al menos dos horas de movimiento rápido al aire libre.>

Regla número 14

Se podría decir que buena parte de la sabiduría de la vida se basa en la justa proporción entre la atención que prestamos en parte al presente y en parte al futuro para que la una no pueda estropear a la otra. Muchos viven demasiado en el presente (los imprudentes), otros demasiado en el futuro (los miedosos y preocupados), raras veces alguien mantendrá la medida justa. Quienes sólo viven en el futuro con sus ambiciones, que siempre miran hacia adelante y corren impacientes al encuentro de las cosas venideras como si sólo éstas pudieran traer la verdadera felicidad, y dejan que, mientras tanto, el presente pase de largo sin disfrutarlo ni prestarle atención, estas personas se parecen al asno italiano de Tischbein, con su fajo de heno atado con una cuerda delante de él para acelerar su paso. Siempre viven sólo ad interim, hasta que mueren. La tranquilidad del presente sólo la pueden molestar aquellos males que son seguros y cuyo momento de producirse es igualmente seguro. Pero hay muy pocos que sean así, porque o bien son males sólo posibles o en todo caso probables, o bien son seguros pero el momento de su acaecimiento es del todo incierto, como por ejemplo, la muerte. Si nos entregamos a estos dos tipos de malestar, no nos quedará ni un instante de tranquilidad. Para no perder la serenidad de toda nuestra vida ante males inciertos o indefinidos, debemos acostumbrarnos a ver los primeros como si nunca llegaran y a los segundos como si con seguridad no acaecerían en el momento actual.

Regla número 15

Un hombre que se mantiene sereno ante todos los accidentes de la vida, sólo muestra que sabe cuán inmensas y diversas son las posibles contrariedades de la vida y que, por eso contempla un mal presente como una pequeña parte de aquello que podría venir; y a la inversa, quien sabe esto último y lo tiene en cuenta, siempre mantendrá la serenidad. Entonces All's well that ends well, pág. 258. Acerca de esto, número 19.

Regla número 16

<Todos hemos nacido en Arcadia, es decir que entramos en el mundo con muchas exigencias de felicidad y goce y conservamos la necia esperanza de realizarlas hasta que el destino nos agarra rudamente y nos muestra que nada es nuestro, y que todo es suyo, porque tiene un derecho indisputable no sólo sobre nuestras posesiones y adquisiciones, sino sobre nuestros brazos y piernas, ojos y orejas y hasta sobre nuestra nariz en medio de la cara. Después viene la experiencia y nos enseña que la felicidad y el placer son puras quimeras que se nos muestran a lo lejos como una imagen engañosa, mientras que el sufrimiento y el dolor son reales, se manifiestan inmediatamente por sí mismos sin necesitar la ilusión o la expectación. Si aprendemos de su enseñanza, dejamos de perseguir la felicidad y el placer y sólo procuramos evitar en lo posible el dolor y el sufrimiento. Οὐ τὸ ἡδὺ, ἀλλὰ τὸ ἄλυπον διώκει ὁ φρόνιμος [«El prudente no aspira al placer, sino a la ausencia de dolor», Aristóteles, Ética a Nicómaco, VII, 11, 1152b 15]. Comprendemos que lo mejor que se puede encontrar en el mundo es un presente indoloro, tranquilo y soportable; si lo conseguimos sabemos apreciarlo y nos cuidamos mucho de estropearlo con un anhelo incesante de alegrías imaginarias o con ansiosas preocupaciones cara a un futuro siempre incierto, que de todos modos está en manos del destino, por mucho que forcejemos.>

Regla número 17

<Puesto que toda felicidad y todo placer son de carácter negativo, mientras que el dolor es positivo, resulta que la vida no tiene la función de ser disfrutada, sino que nos es infligida, hemos de padecerla; por eso degere vitam, vita defungi, scampa così [vive la vida, la vida se termina, escapa a los peligros]. Quien ha atravesado su vida sin mayores dolores físicos o psíquicos, ha tenido la mayor suerte que ha podido encontrar; no le ocurre lo mismo a

quien ha encontrado las mayores alegrías y placeres. Quien pretende medir el curso de la vida según estos últimos, aplica un parámetro totalmente equivocado: porque las alegrías son negativas; pensar que puedan hacernos feliz no es más que una ilusión cultivada y acariciada por la envidia, puesto que no se las experimenta positivamente; en cambio, sí a los dolores, de modo que éstos son el parámetro de la felicidad de la vida, y se miden por su ausencia. De lo dicho aquí se sigue que no hay que comprar los placeres al precio de dolores, aunque sólo sean dolores posibles, porque de otro modo se paga algo negativo e ilusorio con algo positivo y real. A la inversa, en cambio, es una ganancia cuando se sacrifican placeres para pagar así el estar libre de dolores: la razón es la misma. En ambos casos es indiferente si los dolores preceden o siguen a los placeres. Οὐ τὸ ἡδὺ… [ἀλλὰ τὸ ἄλυπον διώκει ὁ φρόνιμος «El prudente no aspira al placer, sino a la ausencia de dolor», Aristóteles, Ética a Nicómaco, VII, 11, 1152b 15]. Una de las quimeras más grandes que inhalamos en la infancia y de la que sólo nos libramos más tarde es justamente la idea de que el valor empírico de la vida consista en sus placeres, que existan alegrías y posesiones que puedan hacernos positivamente felices; por eso se persigue su obtención hasta que, demasiado tarde, llega el desengaño, hasta que la caza de felicidad y placer, que en realidad no existen, nos hace encontrar lo que realmente hay: dolor, sufrimiento, enfermedad, preocupaciones y mil otras cosas; en cambio, si reconociéramos temprano que los bienes positivos son una quimera, mientras que los dolores son muy reales, sólo estaríamos atentos a evitar estos últimos cuando los vemos a lo lejos, según Aristóteles, Οὐ τὸ ἡδὺ, ἀλλὰ τὸ ἄλυπον διώκει ὁ φρόνιμος [«El prudente no aspira al placer, sino a la ausencia de dolor», Aristóteles, Ética a Nicómaco, VII, 11, 1152b 15].

(¿No hay que tomar rosas

porque las espinas pueden pincharnos?)

Aquí parece encontrarse incluso la verdadera idea fundamental del cinismo; lo que motivó a los cínicos a rechazar todos los placeres acaso no era precisamente el pensar en los dolores como vinculados de manera más directa o indirecta con los primeros, donde les parecía mucho más importante evitar los dolores que obtener placeres. Estaban profundamente persuadidos del aperçu de la negatividad del placer y de la positividad del dolor, por lo que, de manera consecuente, hicieron todo para evitar el dolor rechazando con todo propósito los placeres, que les parecían las trampas para arrastrarlos a los dolores.

(Y aquí puede añadirse: la vida de los seres humanos tiene dos lados principales: uno subjetivo, interior y otro objetivo, exterior. El lado subjetivo interior afecta el bienestar y el malestar, la alegría y el dolor; a lo que debemos atenernos respecto a ello lo acabamos de decir: el menor grado y cantidd posible de sufrimientos es lo mayor que se puede conseguir así: es el lado pasivo.

El lado objetivo, exterior es la imagen que representa nuestra manera de vivir, el modo en que desempeñamos nuestro papel, τὸ καλῶς ἢ κακῶς ξῆν [el vivir bella o malamente]. Aquí se encuentra la virtud, el heroísmo, los logros del espíritu: es la parte activa. Y aquí la diferencia entre las personas es mucho mayor que en aquel otro lado, donde la única distinción es un poco más o menos de sufrimiento. Por eso deberíamos poner nuestra atención principalmente en este lado objetivo de nuestra vida (τὸ καλῶς ξῆν [el vivir bellamente], mientras la mayoría de las veces nos fijamos en el otro lado τὸ εὖ ξῆν [el vivir bien]).

Puesto que nuestros actos se encuentran en este lado objetivo, el que se muestra externamente, los griegos llamaron la virtud y lo que pertenece a ella el καλόν de la vida: lo que es bello de ver. Y dado que sólo en este lado hay grandes diferencias entre una persona y otra, incluso aquella que aquí se sitúa en el primer lugar, en aquel primer lado, no obstante, se parece bastante a las demás: también para ella la felicidad positiva no existe, sino sólo el sufrimiento positivo, como para todos los demás.

«Una corona de laurel, donde la veas,

es una señal.

[Cita libre del verso:

«La corona de laurel, donde se te aparece,

es una señal de sufrimiento más que de felicidad».

Goethe, Tasso, III, 4]>

Regla número 18

En todas las cosas que afectan nuestro bienestar y malestar, nuestras esperanzas y temores, hay que poner riendas a la fantasía. Si nos pintamos en la fantasía posibles sucesos felices y sus consecuencias, sólo nos hacemos la realidad aún más insoportable, construimos castillos en el aire y después los pagamos caros con la decepción. Pero el pintarse posibles infortunios puede tener consecuencias aún peores: puede convertir a la fantasía, como dice Gracián, en nuestro verdugo casero. Si tomáramos para las fantasías negras un tema muy lejano y lo escogiéramos libremente, no podría ser dañino, porque al despertar de nuestro sueño sabríamos enseguida que todo era invención y ésta contendría una advertencia contra infortunios lejanos pero posibles. Sin embargo, por provechoso que podría ser, de éstas no suele ocuparse nuestra fantasía; sólo construye ociosamente castillos alegres en el aire. En cambio, cuando alguna desventura ya nos amenaza realmente, a menudo la fantasía se dedica a recrearla pintándola siempre más grande, acercándola más y haciéndola más terrible de lo que es. No podemos deshacernos de un sueño de esta clase al despertarnos, como lo haríamos con uno alegre. A éste lo desdice inmediatamente la realidad, y lo que aún pudiera contener de aspectos posibles lo dejamos en manos del destino. No pasa lo mismo al despertar de fantasías oscuras: nos falta el parámetro del grado de la probabilidad de la cosa; la hemos acercado y puesto ante nosotros, su posibilidad, en general, es segura, se convierte para nosotros en algo verosímil y sufrimos mucha angustia. Las cosas que afectan nuestro bienestar y malestar sólo las tenemos que tratar con la capacidad de juicio, que opera con conceptos e in abstracto, con la reflexión sobria y fría; no debemos dejar que la fantasía se acerque a ellas, porque no es capaz de juzgar; sólo nos muestra una imagen y ésta emociona el ánimo inútilmente y a menudo de manera penosa. Por tanto: ¡poner riendas a la fantasía!

Regla número 19

No hay que entregarse a grandes júbilos ni a grandes lamentos ante ningún suceso, porque la variabilidad de todas las cosas puede modificarlo por completo en cualquier momento; en cambio, disfrutar en todo momento el presente lo más alegremente posible: esta es la sabiduría de la vida. Pero la mayoría de las veces hacemos lo contrario: Los planes y las preocupaciones cara al futuro, o también la nostalgia del pasado nos ocupan tan plena y constantemente que casi siempre menospreciamos y descuidamos el presente. Y, sin embargo, sólo éste es seguro, mientras que el futuro y también el pasado casi siempre son diferentes de cómo los pensamos. Engañándonos de esta manera, nos privamos de toda la vida. Aunque para la eudemonía esto es bastante adecuado, de una filosofía más seria resulta, en cambio, que si bien la búsqueda del pasado siempre es inútil, la preocupación por el futuro lo es a me nudo y por eso sólo el presente es el escenario de nuestra felicidad, lo cierto es, sin embargo, que este presente se convierte en pasado a cada momento y entonces resulta tan indiferente como si nunca hubiese existido: ¿dónde queda, pues, un espacio para nuestra felicidad?

Regla número 20

Mostrar ira u odio en palabras o en la expresión de la cara es inútil, peligroso, imprudente, ridículo y vulgar. Por eso no se debe mostrar la ira o el odio de ninguna otra manera que en los actos. Esto último se hará tanto más perfectamente cuanto más completamente se habrá evitado lo primero.

Regla número 21

Puesto que los asuntos de la vida que nos conciernen aparecen y se entrelazan de una manera totalmente inconexa, fragmentaria, sin relación entre ellos y están en un contraste extremo sin tener nada más en común que el hecho de ser nuestros asuntos, debemos organizar nuestra manera de pensarlos y de preocuparnos por ellos igualmente de forma fragmentaria para que ésta les corresponda; es decir, debemos poder abstraer, debemos pensar, arreglar, disfrutar, sufrir cada cosa en su momento, sin preocuparnos de todo lo demás; tener, por así decirlo, cajones para nuestros pensamientos, donde abrimos uno y cerramos todos los demás. Así, una grave preocupación no nos destruirá cualquier pequeño placer actual privándonos de todo sosiego; una reflexión no desplazará a otra; la preocupación por un asunto grande no alterará en todo momento la preocupación por cien asuntos pequeños etc. Como en tantas otras ocasiones, aquí hay que ejercer una coacción sobre sí mismo, en la cual nos apoyará la reflexión de que cualquier persona debe sufrir de todos modos tantas y tan grandes coacciones y que una vida sin muchas coacciones sería imposible, pero que una pequeña coacción de sí mismo aplicada en el lugar justo puede prevenir a muchas coacciones posteriores desde fuera, del mismo modo como un pequeño segmento de un círculo cerca del centro corresponde y equivale a un segmento cien veces mayor en la periferia más externa. Nada permite sustraernos mejor a la coacción externa que la coacción que nos aplicamos a nosotros mismos. Por eso: subjice te rationi si subjicere tibi vis omnia [«Sométete a la razón si quieres sometértelo todo», Séneca, *Epistulae ad Lucilium*, 37, 4]. Además, siempre mantenemos el poder sobre nuestra autocoacción, y en un caso extremo o cuando afecta el punto más sensible de nuestra naturaleza, podemos aflojarla; en cambio la coacción externa es desconsiderada, intolerante y despiadada; por eso está bien prevenir ésta por medio de aquélla.

Regla número 22

La primera proposición de la eudemonología es precisamente que esta expresión es un eufemismo y que «vivir feliz» sólo puede significar vivir lo menos infeliz posible o, dicho más brevemente, de manera soportable. Se podría defender muy bien la afirmación de que el fundamento de la verdadera sabiduría de la vida en la frase de Aristóteles consiste únicamente en evitar en lo posible los incontables males de la vida sin interesarse en absoluto por sus placeres y cosas agradables. De otro modo sería falsa la frase de Voltaire «Le bonheur n'est qu'un rêve, et la douleur est réelle», pero, de hecho, es verdadera. Gran parte de la desgracia se debe a la ignorancia acerca de ello, a la que favorece el optimismo. El joven cree que el mundo está hecho para ser disfrutado, que es una morada de la felicidad a la que desaciertan sólo aquellos que no tienen la habilidad de buscarla; en ello lo animan las novelas, los poemas y el falso brillo que el mundo da siempre y en todas partes a la apariencia externa. A partir de ese momento su vida consiste en el acoso (emprendido con más o menos reflexión) de la felicidad positiva de la que cree, por supuesto, que consiste en placeres positivos. Debe asumir el peligro de la desgracia a la que se expone, ya que su vida está orientada hacia la consecución de la felicidad positiva y el placer. La caza de un venado que no existe lo lleva normalmente a la muy real y positiva desgracia. El camino de la sabiduría de la vida, en cambio, consiste en partir de la convicción de que toda felicidad y placer sólo son de carácter negativo, mientras que el dolor y la carencia son de índole real y positiva. A partir de ahí lo que orienta todo el plan de vida es el propósito de evitar el dolor y de mantenerse alejado de la carencia; y a este respecto se puede lograr algo, pero con cierta seguridad sólo cuando no se altera el plan con la aspiración a la quimera de la felicidad positiva. Una confirmación de esto es el principio básico de Mittler en Las afinidades electivas. El necio corre detrás de los placeres de la vida y se ve engañado, porque los males que quería evitar son muy reales; y si ha dado un rodeo demasiado grande para evitarlos abandonando algunos placeres innecesariamente, no ha perdido nada, porque todos los placeres son quimeras. Sería indigno y ridículo lamentarse de place res perdidos.

Regla número 23

Plauto dice: est in vita quasi cum ludas tesseris: si id quod jactu opus erat forte non cecidit, id quod cecidit arte corrigas (sic fere) [«En la vida es como en el juego de dados: si una tirada no cae como la necesitas, el arte debe corregir lo que el azar ofrece», así aproximadamente Terencio (no Plauto), Adelphi, IV, 7, versos 739-741]. Una parábola parecida es ésta: En la vida ocurre como en el ajedrez: en ambos hacemos un plan, pero éste queda del todo condicionado por lo que en el ajedrez hará el contrario y, en la vida, el destino. Las modificaciones que así se producen, generalmente son tan importantes que nuestro plan apenas es reconocible en algunos rasgos básicos cuando lo realizamos.

Regla número 24

Sobre las edades de la vida

<Lo que nos hace tan desgraciados en la primera mitad de la vida, aunque tiene tantas ventajas frente a la segunda, es la persecución de la felicidad a partir de la firme presunción de que debería ser posible encontrarla en la vida; a ello se debe que nuestra esperanza se vea constantemente desilusionada y que estemos descontentos. Vemos ante nuestros ojos las imágenes engañosas

de una felicidad soñada e indeterminada en forma de figuras que escogemos a capricho, y en vano buscamos su modelo original.

En la segunda mitad de la vida, el lugar del anhelo siempre insatisfecho de felicidad lo ocupa la preocupación por el infortunio; encontrar para ésta una solución es algo objetivamente posible, porque ahora estamos finalmente curados de aquella presunción y sólo buscamos la tranquilidad y, en lo posible, la ausencia de dolor, de lo cual puede resultar un estado notablemente más satisfactorio que el primero, puesto que deseamos algo alcanzable y esto tiene mayor peso que las carencias propias a la segunda mitad de la vida.>

Regla número 25

Debemos intentar conseguir que veamos aquello que poseemos con la misma mirada como lo estaríamos mirando si alguien nos lo quitara; sea lo que sea, propiedad, salud, amigos, amantes, esposa e hijos, la mayoría de las veces sólo sentimos su valor después de haberlos perdido. Si lo conseguimos, en primer lugar, la posesión nos hará más inmediatamente felices, y, en segundo lugar, prevenimos entonces por todos los medios la pérdida; no expondremos lo que poseemos a ningún peligro, evitaremos que se enojen los amigos, no pondremos a prueba la fidelidad de las mujeres, vigilaremos la salud de los niños etc. Al mirar todo aquello que no poseemos solemos pensar «¿cómo sería si eso fuese mío?», y de este modo llegamos a sentir la falta. En lugar de ello, ante las cosas que poseemos deberíamos pensar a menudo «¿cómo sería si perdiera esto?».

Regla número 26

Poner una meta a nuestros deseos, frenar nuestras apetencias, domar nuestra ira, tener siempre en mente que el ser humano no puede alcanzar más que una mínima parte de todo lo deseable y que muchos males son inevitables: así podremos ἀνέχειν καὶ ἀπέχειν, sustinere et abstinere [soportar y renunciar]. Además, también en posesión de la mayor riqueza y del mayor poder nos sentiremos miserables.

Inter cuncta leges etc.[et percontabere doctos]

Qua ratione queas traducere leniter aevum,

Num te semper inops agitet vexetque cupido,

Num pavor et rerum mediocriter utilium spes.

«Mientras emprendes una obra lee y consulta siempre a los doctos,

acerca de cómo puedas llevar la vida con la mente serena,

que el deseo siempre necesitado no te atormente

ni tampoco el miedo y la esperanza ante cosas poco útiles».

Horacio, Epistulae, I, 18, versos 96-99]

Regla número 27

Observar más a menudo a los que se encuentran peores que a los que parecen estar mejores en comparación con nosotros. Para nuestros verdaderos males no hay consuelo más eficaz que la observación de sufrimientos mucho más grandes de otros; al lado aquel que nos da el trato con los sociis malorum [compañeros en la desgracia] que se encuentran en la misma situación como nosotros.

Regla número 28

Sobre las edades de la vida

Es un error compadecer la falta de alegría de la vejez y lamentar que algunos placeres le son negados. Todo placer es relativo, a saber, no es más que la satisfacción, el saciar una necesidad; el hecho de que el placer queda suprimido cuando se elimina la necesidad es tan poco lamentable como el de que alguien no puede seguir comiendo después de levantarse de la mesa o que no puede seguir durmiendo después del descanso nocturno. Es mucho más correcto el juicio de Platón (República, I) sobre la vejez por considerarla feliz en cuanto finalmente se calma la apetencia carnal por las mujeres. La comodidad y la seguridad son las necesidades principales de la vejez. Por eso los viejos aman sobre todo el dinero como sustituto de las fuerzas que les faltan. Al lado de ello están los placeres de la comida que sustituyen los placeres del amor. El lugar del deseo de ver, viajar y aprender lo ocupa el de enseñar y hablar. Pero es una suerte para el anciano si conserva el amor por el estudio, por la música e incluso por el teatro.

Regla número 29

La frase de Epicuro:

<«La riqueza acorde con la naturaleza está delimitada y es fácil de conseguir. Pero la de las vanas ambiciones se derrama al infinito».> (Diogenes Laertios, Vitae philosophorum X, 144).

<«Entre los deseos unos son naturales y necesarios. Otros naturales y no necesarios. Otros no son naturales ni necesarios, sino que nacen de la vana opinión».> (Diogenes Laertios, Vitae philosophorum, X, 149).

Regla número 30

La actividad, el emprender algo o incluso sólo aprender algo es necesario para la felicidad del ser humano. Quiere poner en acción sus fuerzas y percibir de alguna manera el éxito de estas actividades. (Tal vez porque esto le garantiza que sus fuerzas pueden cubrir sus necesidades). Por eso, durante largos viajes de recreo, uno se siente a veces muy infeliz. Esforzarse y luchar contra algo que se resiste es la necesidad más esencial de la naturaleza humana. La inmovilidad, que sería plenamente suficiente para el placer tranquilo, le resulta imposible; superar obstáculos es el placer más completo de su existencia, para él no hay nada mejor. Los obstáculos pueden ser puramente de carácter material, como en el actuar y en el emprender cosas, o de carácter espiritual, como en el estudio y la investigación: la lucha con ellos y la victoria sobre ellos son los placeres completos de su vida. Si le faltan ocasiones, las crea como puede. En este caso su naturaleza le empuja inconscientemente a buscar peleas, a tramar intrigas o a cometer bribonadas u otras maldades, según las circunstancias. Bilboquet.

Regla número 31

Para las ambiciones no hay que tomar como guía las imágenes de la fantasía, sino los conceptos. Generalmente ocurre lo contrario. Particularmente en la juventud, la meta de nuestra felicidad se fija en forma de algunas imágenes que a menudo vemos en la fantasía durante toda la vida o hasta su mitad, y que en realidad son fantasmas burlones. Porque cuando las hemos alcanzado se desvanecen, y vemos que no cumplen nada de lo que prometen. De esta clase son ciertas escenas aisladas de la vida hogareña, burguesa y campestre, imágenes del hogar, de los alrededores etc. etc. Chaque fou a sa marotte [Cada loco con su tema]. Entre estas cosas también hay que incluir la imagen de la amada. Esto es natural, porque la intuición, por ser lo inmediato, también tiene un efecto más inmediato sobre nuestra voluntad que el concepto, la idea abstracta, que sólo nos proporciona lo general, no el detalle, y que sólo tiene una relación indirecta con la voluntad. Pero el concepto, por el contrario, cumple su palabra. Siempre debe guiarnos y determinarnos. Ciertamente, siempre necesitará aclaraciones y paráfrasis en forma de algunas imágenes.

Regla número 32

Al menos nueve décimos de nuestra felicidad se basan únicamente en la salud. Porque de ésta depende en primer lugar el buen humor. Donde está presente, parece que las circunstancias externas desfavorables y hostiles se soportan mejor que las más felices cuando un estado enfermizo nos pone de mal humor o nos angustia. Compárese la manera en que se ven las mismas cosas en días de salud y alegría y en días de enfermedad. Lo que produce nuestra felicidad o desgracia no son las cosas tal como son realmente en la conexión exterior de la experiencia, sino lo que son para nosotros en nuestra manera de comprenderlas. En segundo lugar, la salud y la alegría que la acompaña pueden sustituir a todo lo demás, pero nada las sustituye a ellas. Finalmente, sin ellas es imposible disfrutar de cualquier fortuna externa, de modo que para un enfermo que la posee, es inexistente. Con salud todo puede ser una fuente de placer. Por eso un mendigo sano es más feliz que un rey enfermo. Por eso no carece de razón el hecho de que nos preguntemos los unos a los otros siempre por el estado de la salud en lugar de otras cosas y que nos deseamos mutuamente que nos encontremos bien. Porque esto constituye nueve décimos de toda la felicidad. De ello se sigue que la mayor de las necedades consiste en sacrificar la salud a lo que sea, adquisiciones, erudición, fama, promoción, y menos aún satisfacciones carnales y placeres fugaces. Al contrario, siempre hay que posponer a ella todas y cada una de las otras cosas.

Regla número 33

Debemos llegar a dominar la impresión de lo intuitivo y presente, que es desproporcionadamente fuerte frente a lo puramente pensado y sabido, no por su materia y contenido, que a menudo son muy insignificantes, sino por su forma, por prestarse a la intuición, por su inmediatez, con las que la impresión importuna el ánimo y altera su tranquilidad o incluso hace vacilarlo en sus propósitos. Algo agradable a lo que hemos renunciado después de reflexionar, nos excita al verlo; un juicio nos hiere aunque conocemos su incompetencia; una ofensa nos enfurece aunque somos conscientes de su bajeza; la falsa apariencia de la presencia real de un peligro pesa más que diez buenas razones contra su existencia etc.

Las mujeres sucumben casi siempre ante esta impresión y entre los hombres hay pocos que puedan valerse del contrapeso suficiente de la razón para no sufrir los efectos de impresiones. Cuando no podemos dominarlas del todo con el recurso a pensamientos puros, entonces lo mejor es neutralizar una impresión por medio de otra contraria, por ejemplo, la impresión de una ofensa, por medio de encuentros con aquellos que nos tienen en alta estima; la impresión de un peligro que amenaza, por medio de la observación real de lo que actúa en contra de él. Cuando todos los que nos rodean son de otra opinión que nosotros y se comportan según ella, es cosa ardua no dejarse conmocionar por ellos aunque estemos convencidos de su error. Porque lo existente, lo que se puede ver, por ser fácilmente abarcable con la mirada, actúa siempre con su plena fuerza; los pensamientos y razones, en cambio, requieren tiempo y tranquilidad para ser elaborados mentalmente, de modo que no los podemos tener presentes en cada momento. Para un rey fugitivo que viaja de incógnito, la secreta ceremonia de sumisión de su acompañante habitual debe de ser un apoyo casi necesario para que no acabe dudando de sí mismo.

Según lo que hemos dicho, el conocimiento intuitivo, que nos importuna en todo momento y da a lo insignificante e instantáneamente presente una importancia y significación desproporcionadas, constituye una perturbación y falsificación constante del sistema de nuestros pensamientos. Lo que también ocurre, a la inversa, en esfuerzos físicos (como he mostrado en la obra [El mundo como voluntad y representación], donde los pensamientos perturban la captación intuitiva pura.

Regla número 34

Cuando miramos el transcurso de nuestra vida y vemos cómo hemos fallado ciertas oportunidades de suerte y hemos provocado ciertos momentos de infortunio —«el curso errático del laberinto de la vida» [Goethe, Fausto I, Dedicatoria, v. 14]— podemos excedernos fácilmente en reproches contra nosotros mismos. Porque el curso de nuestra vida no es en absoluto simplemente nuestra propia obra, sino el producto de dos factores, a saber, de la serie de acontecimientos y de la serie de nuestras decisiones, y lo es incluso de tal manera que, en ambas series, nuestro horizonte es muy limitado y que no podemos predecir de lejos nuestras decisiones y menos aún prever los acontecimientos, sino que de ambas series sólo conocemos las decisiones y acontecimientos actuales. Por eso, cuando nuestra meta todavía se halla lejos, ni siquiera podemos dirigirnos directamente hacia ella, sino sólo de manera aproximada y guiándonos por conjeturas, es decir, según nos lo indican las circunstancias debemos decidirnos en cada instante con la esperanza de acertar de tal manera que nos acercamos a nuestra meta principal. Así, las circunstancias dadas y nuestros propósitos básicos se pueden comparar con fuerzas que tiran en dos direcciones distintas, y la diagonal resultante es el curso de nuestra vida.

Regla número 35

Lo que más frecuentemente y casi forzosamente descuidamos y dejamos de tener en cuenta en nuestros planes de vida son las transformaciones que el tiempo mismo opera en nosotros. A ello se debe que a menudo trabajamos en dirección a asuntos que, una vez alcanzados, ya no son adecuados para nosotros, o también que pasamos los años con los trabajos preparatorios para una obra que nos quitan inadvertidamente las fuerzas para la obra misma.

El medio más seguro para no volverse infeliz es no desear llegar a ser muy feliz, es decir, poner las exigencias de placer, posesiones, rango, honores etc. a un nivel muy moderado; porque precisamente la aspiración a la felicidad y la lucha por ella atraen los grandes infortunios. Pero esa moderación también es sabia y aconsejable por el mero hecho de que ser infeliz es muy fácil, mientras que ser feliz no sólo es difícil, sino del todo imposible. En particular no conviene edificar la felicidad sobre un fundamento muy ancho por medio de muchos requisitos; porque si se sostiene sobre tal fundamente se derrumba con la mayor facilidad. Puesto que el edificio de nuestra felicidad se comporta a ese respecto a la inversa de cualquier otro, que se sostiene más firmemente sobre una base amplia. Mantener las exigencias lo más modestas posibles en relación con los propios medios de todo tipo es la manera más segura de evitar las grandes desgracias. Pues toda felicidad positiva sólo es una quimera, en cambio el dolor es real.

Auream quisquis mediocritatem

Diligit, [tutus caret obsoleti

Sordibus tecti, caret invidenda

Sobrius aula.

Saevius ventis agitatur ingens

Pinus: et celsae graviore casu

Decidunt turres: feriuntque summos

Fulgura montes.

«Quien escoge la medianía dorada,

Seguro que sigue alejado de la suciedad de la cabaña corroída,

Permanece, modesto, lejos del lujo envidiado

Del palacio principesco.

Más sacude el viento a la fuerte

copa del pino, y en pesada caída

se derrumban las altas torres, y los relámpagos

golpean las cumbres de las montañas».

Horacio, Carmina, II, versos 5-12]

Regla número 37

<Como en la vida el sufrimiento predomina y es positivo mientras que los placeres son negativos, aquel que toma la razón como hilo conductor de sus acciones, ponderando en todo lo que enfoca las consecuencias y el futuro, tendrá que aplicar muy a menudo el substine y abstine, y para asegurar la mayor ausencia de dolor para toda la vida tendrá que sacrificar la mayoría de las veces los placeres y las alegrías más intensas. A ello se debe que la razón juega generalmente el papel de un mentor malhumorado que solicita siempre la renuncia sin prometer siquiera algo a cambio que no sea una existencia relativamente libre de sufrimientos. Esto se debe al hecho de que la razón abarca con sus conceptos la totalidad de la vida, y el resultado de ésta, en el caso que se puede calcular como más afortunado, no es otro que el antes mencionado. La necedad sólo agarra una punta de la vida, y ésta puede ser muy placentera.>

Regla número 38

Cada uno vive en un mundo diferente, y éste resulta ser diferente según la diferencia de las cabezas; conforme a ésta puede ser pobre, insípido, llano, o bien rico, interesante y significativo. Incluso la diferencia que el destino, las circunstancias y el entorno crean en el mundo de cada uno es menos importante que la primera. Además, esta última puede cambiar en manos del azar, la primera está irrevocablemente determinada por la naturaleza.

Por eso, para bien y para mal, es mucho menos importante lo que sucede a uno en la vida que la manera en que lo experimenta, o sea el tipo y el grado de su receptividad en cualquiera de las maneras. No es razonable que a menudo uno envidie a otro por algunos sucesos interesantes de su vida; en lugar de ello debería tener envidia de la sensibilidad gracias a la cual esos sucesos parecen tan interesantes en su descripción. El mismo acontecimiento, que resulta tan interesante cuando lo vive un genio, en una cabeza sosa se habría convertido en una escena insípida del mundo cotidiano. Así, la misma escena que para un melancólico puede ser trágica, lo es mucho menos para un flemático y un sanguíneo. Por eso deberíamos aspirar menos a la posesión de bienes externos que a la conservación de un temperamento alegre y feliz y de una mente sana que en buena medida dependen de la salud: mens sana in corpore sano [«una mente sana en un cuerpo sano», Juvenal, Satirae, IV, 10, 356].

Al principio de la Eudemonía he dicho que lo que tenemos y lo que representamos son aspectos muy secundarios frente a lo que somos. Únicamente el estado de la conciencia es lo duradero y lo que tiene un efecto constante; todo lo demás sólo tiene una influencia pasajera. El predominio del intelecto sobre la voluntad, puesto que ésta siempre causa mucho sufrimiento y poca alegría verdadera, el gran vigor y capacidad del intelecto que expulsa el aburrimiento y hace al ser humano interiormente rico, que logra infinitamente más que todas las distracciones que la riqueza puede comprar, además, un ánimo contento y razonable, estas son las cosas que importan mucho. Con respecto a la felicidad de nuestra existencia, el estado, la condición de la conciencia, es absolutamente lo principal. Porque sólo la conciencia es lo inmediato, mientras que todo lo demás es mediato por y dentro de éste. Puesto que nuestra vida no es inconsciente como la de las plantas, sino consciente y tiene como base y condición una conciencia, es evidente que la condición y el grado de plenitud de esta conciencia es lo más esencial para una vida agradable o desagradable.

Regla número 39

<Ya he dicho (Tratado sobre la libertad) que, debido al poder secreto que preside incluso los sucesos más azarosos de nuestra vida, deberíamos acostumbrarnos a considerar todo acontecimiento como necesario, un fatalismo que resulta bastante tranquilizador y que, en el fondo, es correcto. Sin embargo, de la pura ley causal se sigue que verdaderamente posible ha sido sólo aquello (como dice correctamente Diodoro Megarico, en mi obra [El mundo como voluntad y representación], p. 650) que ha llegado a ser real o que aún está por llegar a ser real. Pero el campo de la posibilidad sólo aparece en parte tanto más grande que el de la realidad, porque el concepto abarca de un solo golpe toda una infinidad, mientras que el tiempo infinito en el cual aquélla se realiza, no puede sernos dado, por lo cual no podemos abarcar todo el campo de la realidad, que es infinito como el tiempo, y por eso nos parece más pequeño; en parte se trata sólo de una posibilidad teorética. En concreto, de esta manera: Posible es aquello que puede suceder, pero lo que puede suceder sucede con seguridad, pues de no ser así, no puede suceder. La realidad es la conclusión para la cual la posibilidad aporta las premisas.

{Era patente que aquello cuyo fundamento está sentado, sigue inevitablemente, es decir, que no puede no ser, de modo que es necesario. Pero sólo se tomaba como orientación esta última determinación y se decía: necesario es lo que no puede ser de otra manera, o cuyo contrario es imposible. Pero se dejaba fuera de consideración la razón y la raíz de dicha necesidad; se pasaba por alto la relatividad de toda necesidad que resultaba de ello, construyendo así la ficción totalmente impensable de algo absolutamente necesario, es decir, de un algo cuya existencia sería tan imprescindible como el efecto de una causa, pero sin ser, de hecho, efecto de una causa, por lo cual no dependería de nada. Y esta frase adicional es una petición absurda, puesto que contradice la proposición de la causa. Partiendo de esta ficción y diametralmente en contra de la verdad, se declaraba como lo contingente precisamente todo aquello que estaba sentado por una causa, por considerar la relatividad de su necesidad, a la que se comparaba con aquella necesidad absoluta, totalmente absurda y contradictoria en su concepto. Kant mantiene esta determinación radicalmente equivocada de lo contingente y la da como explicación: Crítica de la razón pura, V, páginas 289-291; 243; V, 301; 419, 458, 460; V, 447, 486, 488. Incluso entra en la contradicción más patente consigo mismo cuando dice en la página 301: «Todo lo contingente tiene una causa», y añade: «Contingente es aquello cuyo no ser es posible». Mas el no ser de lo que tiene una causa es absolutamente imposible, por lo cual es necesario. Por cierto, el origen de toda esta explicación errónea de lo necesario y lo contingente ya lo podemos encontrar en Aristóteles, en concreto en De generatione et corruptione, II, 9 y 11, donde se define lo necesario como aquello cuyo no ser es imposible. Frente a él está aquello cuyo ser es imposible, y entre ambos se halla lo que puede ser y no ser, es decir lo que deviene y perece, y esto sería lo contingente. Según lo que decía antes, está claro que esta explicación, como muchas otras de Aristóteles, se debe al hecho de quedarse parado en los conceptos abstractos sin remontarse a lo concreto e intuitivo, que es la fuente de todos los conceptos abstractos y desde la cual éstos deben controlarse constantemente. «Algo cuyo no ser es imposible» es algo que puede pensarse en el mejor de los casos in abstracto, pero si nos vamos a lo concreto, real, intuitivo, resulta que no encontramos nada que pueda confirmar esta idea, ni siquiera como algo posible excepto dicha consecuencia de un fundamento dado, pero cuya necesidad es relativa y condicionada.

Aprovecho la ocasión para añadir algunas observaciones sobre los conceptos de la modalidad. Puesto que toda necesidad se basa en la proposición del fundamento y, por eso mismo, es relativa, resulta que, originariamente y en su último significado, todos los juicios apodícticos son hipotéticos. Sólo se convierten en categóricos con la añadidura de una minor asertoria, o sea, en la proposición conclusiva. Si esta minor queda aún sin determinar y si se expresa esta indeterminación, nos encontramos con un juicio problemático.

Lo que, en general (como regla) es apodíctico (una ley natural), siempre puede ser sólo problemático con respecto a un caso singular, porque primero debe darse realmente la condición que pone el caso bajo la regla. Y a la inversa, lo que es necesario (apodíctico) en particular como tal (cada cambio en particular, necesario por su causa), de hecho y expresado en general, es a su vez sólo problemático, puesto que la causa que se ha producido sólo afecta el caso singular, mientras que el juicio apodíctico, y siempre hipotético, sólo enuncia leyes generales y nunca se refiere inmediatamente a casos singulares. La razón de ello reside en el hecho de que lo posible sólo existe en el campo de la reflexión y para la razón; en cambio, lo real, en el campo de la intuición y para el entendimiento; lo necesario, para ambos. De hecho, la diferencia entre necesario, real y posible sólo existe in abstracto y conceptualmente; en el mundo real, en cambio, los tres coinciden en uno mismo. Porque todos los acaecimientos se producen necesariamente, ya que acontecen por causas que, a su vez, tienen causas. De modo que todos los acaecimientos del mundo, tanto grandes como pequeños, son una concatenación estricta de lo que acaece necesariamente. Conforme a ello todo lo real es al mismo tiempo necesario, y no hay diferencia entre realidad y necesidad en el mundo fáctico; ni tampoco entre realidad y posibilidad, porque lo no acaecido, es decir, lo no realmente devenido no era posible, puesto que las causas, sin las cuales no pudo acaecer en absoluto, tampoco acaecieron ellas mismas ni pudieron acaecer en la gran concatenación de las causas; de modo que era algo imposible. En consecuencia, todo proceso es o necesario o bien imposible. Sin embargo, todo esto sólo vale para el mundo real empírico, o sea, para el conjunto de las cosas singulares, de lo totalmente singular como tal. Si, en cambio, miramos desde la razón las cosas en general, concibiéndolas in abstracto, entonces la necesidad, la realidad y la posibilidad vuelven a separarse: reconocemos como posible en general todo lo que corresponde a las leyes a priori que pertenecen a nuestro intelecto, o sea, lo que conforme a las leyes empíricas de la naturaleza es posible en este mundo, aunque nunca ha llegado a ser real, de modo que distinguimos claramente lo posible de lo real. Aunque lo real, en sí mismo, también es siempre necesario, sólo lo concibe como tal quien conoce su causa; a parte de ésta, es y se llama lo contingente. Esta observación también nos brinda la llave para aquella contentio περὶ δυνατῶν [disputa sobre la posibilidad] entre el megárico Diodoro y el estoico Crisipo, a la que Cicerón expone en el libro De fato. Diodoro dice: «Sólo lo que llega a ser real ha sido posible; y todo lo real también es necesario». En cambio, Crisipo dice: «Mucho es posible que nunca llega a ser real, porque sólo lo necesario llega a ser real». Podemos aclararnos esto de la siguiente manera. La realidad es la conclusión de una deducción, para la cual la posibilidad es la premisa. Pero para ello se requiere no sólo la mayor, sino también la minor; sólo las dos juntas dan la posibilidad completa. Porque la mayor sólo da una posibilidad teorética y general in abstracto, que por sí misma aún no hace posible nada en absoluto, es decir, capaz de llegar a ser real. Para esto hace falta la minor, que proporciona la posibilidad para el caso singular subsumiéndolo a la regla. De esta manera, se convierte inmediatamente en realidad. Por ejemplo:

Mayor: Todas las casas (por tanto también mi casa) pueden quemarse.

Minor: Mi casa se incendia.

Conclusión: Mi casa se quema.

Toda proposición general, o sea, toda mayor, determina con respecto a la realidad las cosas sólo bajo una premisa y, por tanto, hipotéticamente: por ejemplo el poder quemarse tiene como premisa el incendiarse. Esta premisa se introduce en la minor. La mayor, por así decirlo, carga el cañón, pero sólo cuando la minor acerca la mecha se produce el disparo de la conclusión. Esto vale siempre para la relación entre posibilidad y realidad. Puesto que la conclusión, que es el enunciado de la realidad, siempre sigue necesariamente, resulta que todo lo que es real también es necesario. Esto también se entiende por el hecho de que ser necesario sólo quiere decir ser consecuencia de una razón dada: ésta es una causa cuando se trata de lo real, por lo que todo lo real es necesario. Por consiguiente vemos que aquí coinciden en uno solo los conceptos de lo posible, lo real y lo necesario y no sólo el último presupone el primero, sino también a la inversa. Lo que los separa es la limitación de nuestro intelecto por la forma del tiempo; porque el tiempo es lo que media entre posibilidad y realidad. La necesidad de los acaecimientos particulares se puede comprender al conocer completamente todas sus causas, pero la coincidencia de todas estas causas diversas e independientes entre ellas nos parece contingente, siendo la independencia entre ellas precisamente el concepto de contingencia. Pero, dado que cada una de ellas era la consecuencia necesaria de su causa, cuya cadena no tiene comienzo, se muestra que la contingencia es un fenómeno puramente subjetivo, que resulta de la limitación del horizonte de nuestro entendimiento y es tan subjetivo como el horizonte óptico dentro del cual el cielo toca la tierra}.>

Regla número 40

Habitualmente tratamos de serenar el gris del presente especulando sobre posibilidades favorables y nos inventamos cien esperanzas ilusas que todas ellas están preñadas de un disappointment [decepción] si permanecen incumplidas. En lugar de ello haríamos mejor en tomar todas las posibilidades malas como objeto de nuestra especulación, lo cual nos motivaría en parte a tomar precauciones para prevenirlas, en parte daría lugar a sorpresas agradables si no se cumplen. <Los caracteres sombríos y miedosos encontrarán más sufrimientos imaginarios pero menos reales que los alegres y despreocupados, porque quien lo ve todo negro y siempre teme lo peor, no se habrá equivocado tantas veces en el cálculo como aquel que siempre atribuye a las cosas bellos colores y perspectivas alegres.>

Regla número 41

Cuando se ha producido algo malo, no permitirse siquiera el pensamiento de que pudiera haber sido de otra manera, que pudiera ser diferente. Fatalismo, ya hemos hablado de él. (Es bueno de manera inmediata pero no de manera indirecta).

Regla número 42

Una de las insensateces mayores y más frecuentes es hacer amplios preparativos para la vida, no importa de qué tipo sean. En relación con ellos también se calcula al principio la plena duración de una vida humana a la que, sin embargo, sólo muy pocos alcanzan. Pero además, aunque vivieran tanto tiempo, es demasiado corta para los planes, porque su realización siempre requiere mucho más tiempo de lo que se suponía. Por añadidura, como todos los asuntos humanos, están expuestos al fracaso y a los obstáculos a tal punto que raras veces se los puede llevar a término; y si, finalmente, se ha logrado todo, no se ha tenido en cuenta que el ser humano mismo cambia con los años y que no conserva las mismas capacidades para los esfuerzos ni para disfrutar. El propósito que uno ha perseguido trabajando toda su vida, le resulta imposible disfrutarlo en la vejez; no es capaz de llenar la posición alcanzada con tantos esfuerzos, es decir, las cosas llegan demasiado tarde para él. O, a la inversa, él llega demasiado tarde a las cosas si había querido lograr y realizar algo relevante, porque el gusto de la época ha cambiado, la nueva generación no se interesa por ello; otros se han anticipado por caminos más cortos:

Quid aeternis minorem

Consiliis animum fatigas?

[«¿Por qué esfuerzas a tu espíritu

demasiado débil para planes eternos?»

Horacio, Carmina, II, 11, vv. 11-12].

El motivo de esta frecuente equivocación es el natural engaño según el cual la vida, vista desde su comienzo, parece infinita, o cuando se mira atrás, desde el final del camino, parece extremadamente breve (gemelos de teatro). Sin duda, este engaño tiene su lado bueno, porque sin él difícilmente se llegaría a hacer jamás algo grande.

Regla número 43

Aquel que fue ricamente dotado por la naturaleza (aquí la expresión es adecuada en su sentido más propio), no necesita obtener del exterior nada más que la libertad del ocio para poder disfrutar de su riqueza interior. Si sólo consigue este ocio, en el fondo es el más feliz, y esto es tan cierto como el hecho de que el yo nos es infinitamente más próximo que el no yo; todo lo exterior es y sigue siendo no yo. Únicamente lo interior, la conciencia y su estado son el yo y sólo en él se halla nuestro bienestar y malestar. Al margen, estos conceptos de yo y no yo son demasiado imprecisos para la metafísica, porque el yo no es algo simple; sin embargo, para la eudemonología son suficientes.

Regla número 44

La verdad principal de la eudemonología sigue siendo que importa mucho menos lo que se tiene o representa de lo que se es. «La mayor fortuna es la personalidad» [véase Goethe, West-östlicher Divan, Libro Suleika, parte séptima]. En todo y con todo, en realidad, uno disfruta sólo de sí mismo; si el yo mismo no vale mucho entonces todos los placeres son como vinos deliciosos en una boca con un regusto a hiel. Como los grandes enemigos de la felicidad humana son dos, el dolor y el aburrimiento, la naturaleza también dio a los seres humanos una protección contra ambos: contra el dolor (que mucho más frecuentemente es espiritual que físico) la alegría, y contra el aburrimiento, el espíritu. Sin embargo, ambos no están emparentados y, en los grados más altos, probablemente incluso son incompatibles. El genio es pariente de la melancolía [Aristoteles ait] omnes ingeniosos melancolicos esse [«Aristóteles dice que todos los hombres geniales son melancólicos», Cicerón, Tusculanae disputationes, I, 33, 80], y los ánimos muy alegres sólo tienen capacidades espirituales superficiales. Por eso, cuanto mejor una naturaleza está armada contra uno de estos males, tanto peor suele estarlo contra el otro. Ninguna vida puede permanecer del todo libre de aburrimiento y dolor. Ahora bien, significa un favor especial del destino cuando un ser humano se ve principalmente expuesto a aquel de los dos males contra el que la naturaleza le ha armado mejor, o sea, si manda mucho dolor allí donde hay mucha alegría para soportarlo, y mucho ocio libre allí donde hay mucho espíritu; pero no a la inversa. Porque el espíritu hace sentir el dolor de manera doble y múltiple; y para una mente alegre sin espíritu la soledad y el ocio sin ocupación son del todo insoportables.

Regla número 45

Δύσκολος [de mal genio] es aquel que ante oportunidades iguales a favor y en contra de él no se alegra cuando el resultado le es favorable, pero que se enoja cuando le es desfavorable. Εὔκολος [de buen genio/alegre] es aquel que se alegra de un buen resultado y no se enoja cuando es desfavorable. <La sensibilidad para impresiones agradables y desagradables es muy diversa en diferentes personas. Lo que a uno casi le desespera, a otro sólo le da risa.

Nature has fram'd strange fellows in her time:

Some that will evermore peep through their eyes,

And laugh, like perrots, at a bag-piper;

And others of such vinegar aspect,

That they'll not show their teeth in way of smile,

Though Nestor swear the jest be laughable.

Merchant of Venice, sc. 1

[La naturaleza produjo gente rara en su tiempo:

algunos que siempre miran con ojos contentos,

y se ríen, como los loros, de un gaitero;

y otros tienen un aire tan agrio

que no muestran los dientes en una sonrisa,

aunque Néstor mismo jurase que la broma es para reírse».

Shakespeare, El mercader de Venecia, I, 1]

Platón designa esta diferencia con las palabras δύσκολος y εὔκολος. Cuanto mayor es la sensibilidad para impresiones desagradables, tanto menor suele ser la que responde a las agradables y viceversa. La razón de esta diferencia parece ser la mayor o menor tensión (tonus) de los nervios y el estado del aparato digestivo.

La δυσκολία es la gran sensibilidad para todas las impresiones desagradables. La εὐκολία se comporta a la inversa. Cuando los desarreglos corporales (la mayoría de las veces radicados en el sistema nervioso o digestivo) dan lugar a un grado muy alto de δυσκολία, entonces el menor disgusto puede ser motivo para el suicidio; en el grado más alto de δυσκολία incluso ni siquiera ha de producirse un accidente especial, sino que por el mero desagrado constante (cansancio de la vida) se realiza el suicidio con una premeditación tan fría y una determinación tan firme que el enfermo, al que generalmente ya se vigila, está siempre a punto y aprovecha el primer momento sin vigilancia para precipitarse sin vacilar o luchar hacia el único soulagement [alivio] natural. Este suicidio, que resulta de una δυσκολία manifiesta, es patológico y como tal (perturbación del alma) lo describe Esquirol detalladamente.

Pero la magnitud de una desgracia puede llevar incluso a la persona más sana al suicidio.

La diferencia sólo consiste en la diferente magnitud del motivo, y es relativa porque la δυσκολία y la εὐκολία tienen infinitas graduaciones diversas. Cuanto menor es el infortunio que se convierte en motivo, mayor tiene que ser la δυσκολία y tanto más patológico es el caso. Y cuanto mayor es el infortunio tanto más sano y εὔκολος es la persona.

Dejando de lado los estados transitorios y medios, hay, por tanto, dos tipos de suicidio, el del enfermo por δυσκολία y el del sano por desgracia.

Debido a la gran diferencia entre la δυσκολία y la εὐκολία no hay ningún accidente lo bastante pequeño para no convertirse en motivo de suicidio si la δυσκολία es lo bastante grande, y ninguno tan grande que tenga que ser un tal motivo para cualquier persona.

A partir de la gravedad y la realidad de la desgracia hay que juzgar el grado de salud del suicida. Si se quiere suponer que una persona perfectamente sana debería ser tan εὔκολος que ninguna desgracia pueda anular sus ganas de vivir, entonces es correcto decir que todos los suicidas son enfermos mentales (pero, en realidad, físicamente enfermos). Pero ¿quién es totalmente sano?

En ambas formas de suicidio el asunto es, finalmente, el mismo: el sufrimiento insoportable supera las naturales ganas de vivir; pero así como hacen falta mil onzas para quebrar una tabla gruesa, mientras que una delgada quiebra con una onza, la misma relación hay entre el motivo y la susceptibilidad. Y, a fin de cuentas, es como los accidentes puramente físicos: un leve resfriado mata a un enfermo, pero hay resfriados de los que muere incluso el más sano.

No cabe duda de que el sano, cuando toma esta decisión, ha de luchar mucho más duramente que el enfermo mental, a quien, en el grado más extremo, la decisión no le cuesta casi nada. En cambio, éste ha pasado ya anteriormente un largo período de sufrimiento hasta llegar a un ánimo tan bajo. Lo que siempre facilita las cosas es que los sufrimientos espirituales nos hacen insensibles para los corporales, lo mismo como a la inversa.

La transmisión hereditaria de la disposición al suicidio demuestra que la parte subjetiva de la determinación parece ser la más fuerte.>

Regla número 46

Aristóteles define la vida filosófica como la más feliz: Ética a Nicómaco, X, 7-9.

Regla número 47

Entre lo que uno tiene están principalmente los amigos. Mas esta posesión tiene la particularidad de que el poseedor tiene que ser en la misma medida propiedad del otro. En un libro de huéspedes del siglo XVII, que pertenecía a los reyes de Sajonia y se encuentra en el castillo de caza Moritzburg, apuntado por algún noble de entonces:

Amour véritable

Amitié durable

Et tout le reste au diable.

Sobre la amistad Aristóteles, Ética a Nicómaco, X, 8-10, y Ética eudémica, VII.

Regla número 48

Sobre la felicidad en general vale la pena leer y es bonito Aristóteles, Ética a Nicómaco, X, 7-10; y Ética eudémica, VII, 2, 1238 a 12, dice: ἡ εὐδαιμονία τῶν αὐτάρκων ἐστί (scil: ἀνθρώπων) [«La felicidad pertenece a los que se bastan a sí mismos»].

Le bonheur n'est pas chose aisée: il est très difficile de le trouver en nous, et impossible de le trouver ailleurs [«La felicidad no es cosa fácil. Es muy difícil encontrarla dentro de nosotros mismos, e imposible encontrarla en otra parte», Chamfort, Oeuvres, vol. IV, Caractères et anecdotes, Imprimerie des Sciences et des Arts, Paris, 1795, página 433.].

Regla número 49

La definición de una existencia feliz sería: una existencia tal que, vista objetivamente, o (porque aquí importa un juicio subjetivo) según una reflexión fría y madura, sería decididamente preferible al no ser. Del concepto de una tal existencia se sigue que la queremos por ella misma, pero no solamente por el miedo a la muerte, y de ello se sigue, a su vez, que quisiéramos que fuera de duración infinita. Si la vida humana se adecua o puede adecuarse al concepto de una tal existencia es una pregunta que, como se sabe, mi filosofía niega. La eudemonología, en cambio, presupone sin más su afirmación.

Regla número 50

Toda realidad, es decir, todo presente colmado, consiste en dos mitades, el objeto y el sujeto, en una combinación tan necesaria y esencial como la del oxígeno y del hidrógeno en el agua. Si la mitad objetiva es absolutamente igual pero la subjetiva diferente, o a la inversa, la realidad o el presente ya no es el mismo. La mitad objetiva, por muy buena que sea, sólo da una realidad y un presente malos si la mitad subjetiva es tosca y mala; como un hermoso paisaje cuando hace mal tiempo, o cuando se capta en una cámara oscura mala sobre una placa mal alisada. La mitad objetiva se encuentra en manos del destino y es variable, la mitad subjetiva somos nosotros mismos, y ésta es esencialmente invariable. De ello se desprende claramente hasta qué punto nuestra felicidad depende de lo que somos, de nuestra individualidad, mientras que la mayoría de las veces sólo se tiene en cuenta nuestro destino y aquello que tenemos. El destino puede mejorar, y la persona moderada no le pide mucho; pero un necio no deja de ser un necio y un zoquete grosero será eternamente un zoquete grosero, aunque en el paraíso estuviera rodeado de huríes. «La mayor suerte es la personalidad» [véase Goethe, West-östlicher Divan, libro Suleika, parte 7].

EUDEMONOLOGÍA

Lo que funda la diferencia en la suerte de los mortales se puede reducir a tres puntos:

1.   Lo que uno es: es decir, la personalidad en el sentido más alto, donde se incluyen salud, vigor, belleza, carácter moral, espíritu y formación del espíritu.

2.   Lo que uno tiene: es decir, sus bienes materiales y posesiones.

3.   Lo que uno representa: esto se constituye de la opinión que otros tienen de uno, del rango y de la reputación.

En el número 1 se basa la diferencia entre los seres humanos que dispone la naturaleza, y de ello se desprende ya que será mucho más esencial y radical que las diferencias producidas por las instituciones humanas mencionadas en los números 2 y 3.

Sin duda alguna, el primer punto es, con mucho, el más esencial para su felicidad o desgracia. Porque lo verdaderamente principal, la auténtica existencia del ser humano es a todas luces lo que propiamente sucede en su interior, su bienestar interior, que es el resultado de su sentir, querer y pensar. En un mismo entorno, cada uno vive en un mundo diferente (microcosmos); los mismos procesos exteriores afectan a cada uno de manera diversa, y la diferencia que únicamente surge por medio de esta constitución interior es mucho mayor que aquella que las circunstancias exteriores imponen entre las diversas personas. De manera inmediata cada uno se enfrenta sólo a sus representaciones, sentimientos, manifestaciones de la voluntad; las cosas externas sólo tienen una influencia en la medida en que son originadas por aquéllas, pero sólo en aquéllas vive realmente, son las que hacen su vida feliz o infeliz.

Un temperamento alegre que resulta de una salud perfecta y de una feliz organización, un espíritu claro, vivo, penetrante y de comprensión vigorosa, una voluntad moderada y suave son ventajas que ni rango ni riqueza pueden sustituir.

Lo subjetivo es mucho más esencial que lo objetivo, constituye nueve décimos con respecto al placer. Esto es válido desde el proverbio «el hambre es el mejor cocinero» hasta el nivel del genio o del santo: al anciano le deja indiferente la muchacha que para el joven es el summum bonum.

Puesto que todo lo que existe y sucede para el ser humano sólo existe inmediatamente en su conciencia y sucede en ésta, al parecer lo más esencial es la consistencia de la conciencia misma y ésta misma importa mucho más que las configuraciones que se producen en ella. Todos los lujos y placeres representados en la conciencia apagada de un necio son pobres frente a la conciencia de Cervantes cuando escribió el Don Quijote en una cárcel incómoda.

Lo que uno tiene por sí mismo, lo que le acompaña en la soledad sin que nadie se lo pueda dar o quitar, esto es mucho más importante que todo lo que posee o lo que es a los ojos de otros.

Una persona llena de espíritu se entretiene a la perfección en la soledad más absoluta con sus propios pensamientos y fantasías; mientras que una persona con el espíritu romo siente aburrimiento a pesar de constantes distracciones de teatro, fiestas y excursiones. Un carácter bueno, moderado y suave puede estar contento con circunstancias muy modestas; en cambio, un carácter malo, ávido, envidioso no lo está por muy rico que sea. (Goethe dice con razón en el Diván: «La mayor suerte es la personalidad» [véase Goethe, West-östlicher Divan, parte 7]. Desde fuera se puede influir mucho menos en las personas de lo que se cree). ¡Cuántos placeres no resultan totalmente superfluos e incluso molestos e importunos a quien disfruta siempre del placer de una individualidad extraordinaria!

Si lo subjetivo, la personalidad son, como vimos, lo más importante, lo peor es, por otro lado, que la parte subjetiva no está en nuestro poder, sino que está invariablemente determinada para toda la vida, mientras que el tener y lo que representamos, los otros dos aspectos principales, posiblemente son alcanzables a cualquiera. Lo único que está en nuestro poder con respecto a la personalidad es que la aprovechemos de la manera más ventajosa posible, es decir, que le demos aquel tipo de formación que mejor le conviene y que evitemos cualquier otra, que nos pongamos en el lugar, estado, dedicación etc. que correspondan a esa personalidad y, segundo, que conservemos la posibilidad de disfrutar de ella. Esto requiere el conocimiento de sí mismo, de ello surge el carácter adquirido, sobre el que hablo en la obra, página 436 [El mundo como voluntad y representación, libro IV, § 55, final]. Según esto se gana mucho más si se emplean las propias fuerzas para la formación de la personalidad y no para la adquisición de bienes de fortuna. Sólo que no debe descuidarse este último empeño hasta tal extremo que lleve a la pobreza; además, la formación de la individualidad debe ser apropiada: muchos conocimientos vuelven aún más tonta, inservible e insufrible a una persona limitada y corriente; en cambio la mente extraordinaria sólo llega a disfrutar su individualidad por medio de la adquisición de los conocimientos que le son adecuados. Muchos ricos son infelices porque carecen de conocimientos; y sin embargo, por regla general, todos están más empeñados en adquirir bienes que en formarse, cuando resulta que lo que uno es, de hecho, contribuye mucho más a la felicidad que lo que uno tiene.

La personalidad acompaña a uno a doquier y en cualquier momento; su valor es absoluto y no relativo como los otros dos componentes. Incluso ofrece al aprecio del propio valor, tan esencial para nuestra felicidad, un alimento mucho más sólido que el tercer componente; a diferencia del segundo y del tercer componente, no está sometida a la suerte, es decir, al azar, de modo que no se le puede quitar a nadie como, a la inversa, tampoco se puede adquirir. Sólo el tiempo, la edad, la disminuyen, aunque con excepción del carácter moral; todo lo demás está sometido a ellos. Este es el único punto en que los componentes dos y tres tienen una ventaja. Pero en la medida en que la vejez disminuye las capacidades mentales, también disminuyen las pasiones que causan tormentos.

Los números dos y tres tienen algunos efectos recíprocos. Habes, habeberis [«Si tienes, vales algo», Petronio, Satiricón, LXXVII, 6] y a la inversa, la opinión de otros puede proporcionarnos posesiones.

Sólo los necios preferirán tener un rango en lugar de posesiones. El valor de las posesiones está tan generalmente reconocido en nuestros días que no necesitan recomendaciones. En comparación con ellas, el número tres es de índole muy etérea. En el fondo es la opinión de otros: su valor inmediato es problemático, pues se basa en nuestra vanidad. Hay casos en que resulta despreciable. Mas su valor indirecto puede llegar a ser muy grande, ya que a menudo nuestras posesiones y nuestra seguridad personal dependen de ella. Hay que distinguir ambas cosas.

Lo que uno representa, es decir, la opinión de los demás sobre nosotros no parece, ya a primera vista, algo esencial para nuestra felicidad: por eso se llama vanidad, vanitas. No obstante, es propio a la naturaleza humana otorgarle un gran valor. Resulta casi inexplicable cuánta alegría sienten todas las personas siempre que perciben señales de la opinión favorable de otros que halaga de alguna manera su vanidad. A menudo las señales de aplauso de los demás pueden consolar a alguien de una desgracia real o de la falta de los bienes del primer y segundo tipo; y, a la inversa, es sorprendente hasta qué extremo las personas se sienten ofendidas por cualquier herida de su vanidad, cualquier degradación o menosprecio. Ésta es la base del sentimiento de honor. Y esta propiedad puede ser muy útil para la buena conducta, como sucedáneo de la moral. Sin embargo, una persona inteligente debe moderar en lo posible este sentimiento, lo mismo cuando se siente halagada como cuando se siente herida; pues hay una relación entre ambos sentimientos. De otro modo sigue sometida a la triste esclavitud de la opinión ajena. Tam leve tam parvum est animus quod laudis avarum subruit aut reficit [«Tan insignificante, tan pequeño es lo que oprime o eleva a un ánimo ambicioso», Horacio, Epistulae, II, 1, versos 179-180].

Cualquiera debe aspirar a una buena reputación, es decir a tener un buen nombre; a un rango alto sólo aquellos que sirven al Estado; a la fama en un sentido más elevado sólo pueden aspirar muy pocos.